Our neighbors
didn't like Clifford.

But they did like birds.

One day, Clifford saw people
working in front of the neighbors'
house. Clifford watched.

Clifford could see into the neighbors' yard.

Oh, no! The birds were in trouble!

Clifford picked up a water pipe and took a deep breath. He pulled the cat right out of the yard.

That was a very surprised cat.

NO DOGS!

Now the neighbors like Clifford
as much as they like birds.

A nuestros vecinos no les gustaba Clifford.

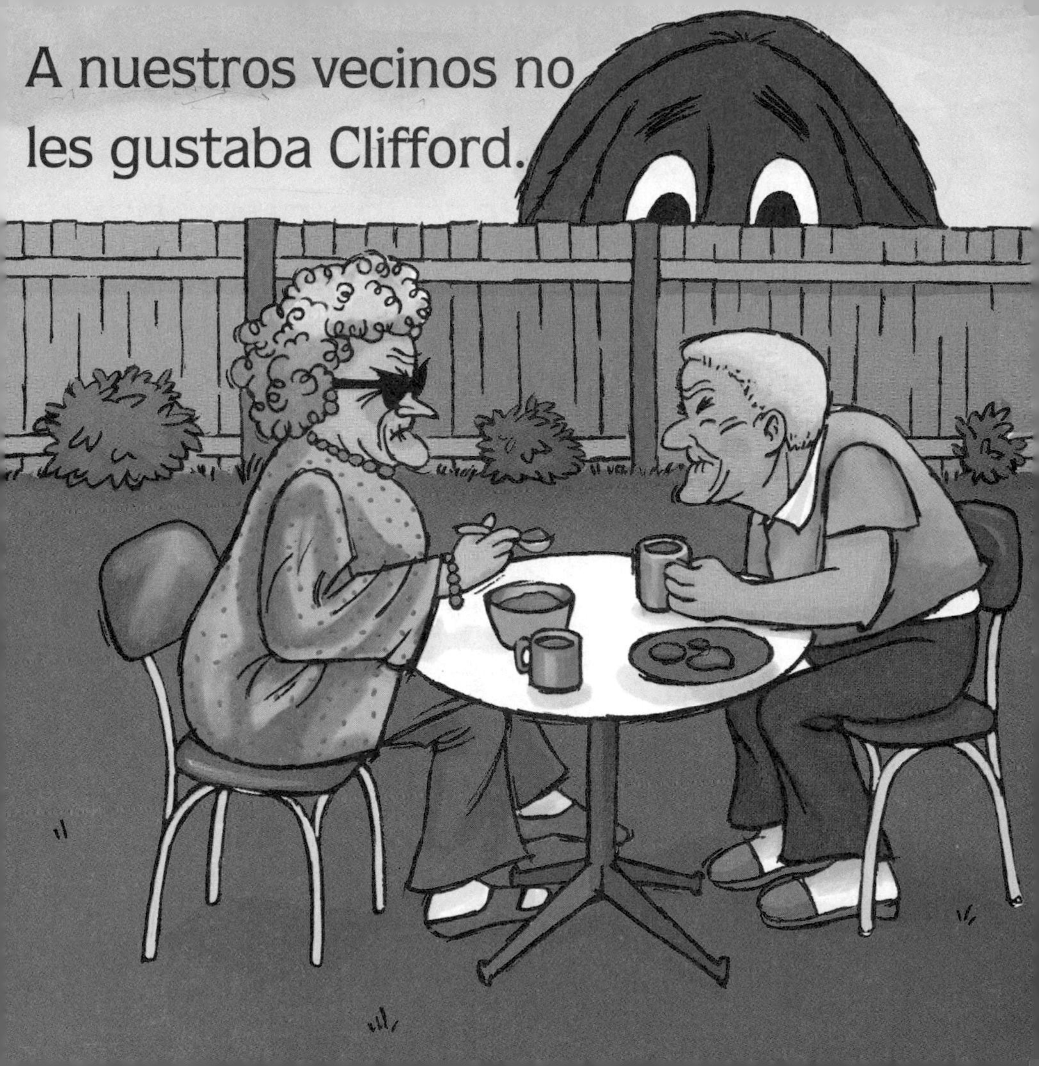

Pero les gustaban
los pájaros.

Un día, Clifford se quedó mirando a
unas personas que trabajaban
frente a la casa de nuestros vecinos.

Clifford podía ver el jardín
de los vecinos.

¡Oh, no! ¡Los pájaros estaban
en peligro!

Clifford agarró una tubería y aspiró
con fuerza. En un segundo sacó
al gato del
jardín.

El gato se quedó muy sorprendido.

¡PERROS NO!

Ahora los vecinos quieren a
Clifford tanto como a los pájaros.